Analyse de l'œuvre

Par Florence Hellin
et Alexandre Randal

Les Justes

d'Albert Camus

lePetitLittéraire.fr

Rendez-vous sur lepetitlitteraire.fr et découvrez :

Plus de 1200 analyses
Claires et synthétiques
Téléchargeables en 30 secondes
À imprimer chez soi

ALBERT CAMUS

ÉCRIVAIN, DRAMATURGE, ESSAYISTE ET PHILOSOPHE FRANÇAIS

- **Né en 1913 à Mondovi (Algérie)**
- **Décédé en 1960 à Villeblevin (France)**
- **Quelques-unes de ses œuvres :**
  - *L'Étranger* (1942), roman
  - *Le Mythe de Sisyphe* (1942), essai
  - *La Peste* (1947), roman

Français né en Algérie, prix Nobel de littérature, Albert Camus (1913-1960) est l'un des écrivains majeurs du xxᵉ siècle. Intellectuel profondément engagé, philosophe, journaliste, dramaturge et romancier, il a marqué son temps par sa réflexion sur l'absurde, qui a trouvé chez lui une expression nuancée, sensible et humaine.

Largement admiré, parfois critiqué, Camus a trouvé un écho considérable dans le monde entier avec ses romans *La Peste* (1947) et, surtout, *L'Étranger* (1942). Il est mort prématurément en 1960 à la suite d'un accident de voiture.

LES JUSTES

UNE PIÈCE DU REFUS ET DE LA DÉNONCIATION

- **Genre :** pièce de théâtre
- **Édition de référence :** *Les Justes*, Paris, Gallimard, coll. « Folio », 2008, 150 p.
- **1re édition :** 1949
- **Thématiques :** attentat, mort, révolution russe, loyauté, révolte, histoire

Les Justes est une pièce de théâtre en cinq actes, représentée pour la première fois en 1949. Elle appartient au « cycle de la révolte » avec *La Peste* (1947) et *L'Homme révolté* (1951). L'objectif de ce cycle est le refus et la dénonciation de tous les totalitarismes.

Pour *Les Justes*, Camus s'est inspiré d'un évènement de la révolution russe : en janvier 1905, à Moscou, un groupe de terroristes lié au parti socialiste révolutionnaire organise un attentat contre le grand-duc Serge (1857-1905). Cet attentat et les circonstances qui l'ont précédé sont le sujet de la pièce, avec l'engagement comme notion centrale.

RÉSUMÉ

Cette pièce de théâtre tragique contient cinq actes. Elle raconte la préparation d'un attentat visant le grand-duc de Russie, Serge. La première tentative est un échec, mais la seconde finit par atteindre son but. Le révolutionnaire est arrêté et condamné à mort.

LA PRÉPARATION DE L'ATTENTAT

Dans un appartement, le groupe de combat de l'Organisation, qui regroupe des révolutionnaires socialistes, est réuni en vue de la préparation d'un attentat contre le grand-duc Serge, symbole du pouvoir despotique qui aliène la Russie (« Nous tuerons ce bourreau », p. 18).

Boris Annenkov, le chef du groupe, est un homme posé et modéré. C'est lui qui prend toutes les décisions concernant l'attaque. Il a sous ses ordres une équipe composée de plusieurs personnes :

- Dora, une jeune femme méticuleuse, est chargée de la confection des bombes ;
- Stepan est vu comme un terroriste qui ne possède aucun sens moral. Son retour après trois années de bagne et de planque est néanmoins salué par Boris et Dora ;
- Alexis est un jeune révolutionnaire peu sûr de lui souvent assailli par le doute ;
- Yanek, quant à lui, est un homme sensible et idéaliste.

Tout est prêt, l'attentat doit avoir lieu le lendemain. Ceux qui lanceront les bombes ont été désignés : Yanek Kaliayev se chargera de la première bombe, Alexis Voinov de la seconde, si la première tentative venait à échouer.

La première rencontre entre Stepan et Kaliayev est houleuse : tous deux ont des conceptions opposées de l'action et du combat qu'ils mènent. Stepan déclare ouvertement sa méfiance envers Yanek, surnommé « le poète » en raison de sa sensibilité. Il veut lancer la bombe à la place de ce dernier, mais Annenkov refuse. De son côté, Yanek est assuré du soutien indéfectible de Dora, sa bienaimée.

L'ATTENTAT

Le lendemain soir, dans le même appartement, Dora et Annenkov observent la rue et attendent la déflagration. La tension exacerbe leurs angoisses respectives. Au loin, le bruit de la calèche du grand-duc se fait entendre, puis le silence. N'entendant pas la déflagration, Dora est persuadée que Yanek a été arrêté. Elle est au bord du désespoir. Voinov arrive peu après. Il ne sait rien de ce qu'il s'est passé ; il ne faisait que guetter le lancer de la première bombe pour pouvoir jeter la sienne. Quelques instants plus tard, Yanek entre dans la pièce, en pleurs. Il n'a pas pu lancer la bombe, non pas à cause de la peur, mais parce qu'il y avait des enfants dans la calèche du grand-duc, ses neveux. Le jeune homme, atterré, s'en remet à la décision des autres membres du groupe : s'ils estiment que l'attentat doit avoir lieu malgré la présence d'enfants, il lancera la bombe.

Annenkov, Voinov et Dora le soutiennent. De son côté, Stepan, furieux, n'est pas du même avis (« Quand nous

nous déciderons à oublier les enfants, ce jour-là, nous serons les maîtres du monde et la révolution triomphera », p. 59). L'animosité de Stepan envers Yanek est à son comble. Finalement, d'un commun accord, la décision est prise : l'Organisation ne peut tuer des enfants innocents. L'attentat est donc reporté au surlendemain.

Au même endroit, deux jours plus tard, tous les membres du groupe sont présents avant la seconde tentative d'attentat. Voinov prend Annenkov à part : il lui annonce qu'il ne lancera pas sa bombe, il n'en a pas le courage. Il préfère militer dans les comités de propagande. Annenkov décide alors de prendre sa place, tandis que Stepan le remplace au commandement le temps qu'il faudra.

De leur côté, Dora et Yanek profitent de leurs derniers instants d'intimité. Après les adieux, les révolutionnaires se séparent. Stepan et Dora restent seuls dans l'appartement. Sept heures sonnent. Le bruit de la calèche du grand-duc se rapproche, puis s'éloigne. Une explosion retentit. Le grand-duc Serge est mort.

L'ARRESTATION

Yanek Kaliayev est retrouvé et emprisonné. Un gardien et un prisonnier, Foka, entrent dans sa cellule. Ce dernier voit sa peine s'alléger d'un an à chaque détenu qu'il pend. Yanek rencontre ainsi son futur bourreau.

Vient ensuite Skouratov, le directeur du département de police. Il veut offrir à Kaliayev la grâce à condition que le jeune homme livre ses complices. Le révolutionnaire refuse. Après cette deuxième visite, c'est au tour de la grande-duchesse de le rencontrer. Elle a l'intention d'infléchir sa volonté. Elle veut que celui qui a tué son époux se confesse et vive pour être considéré comme un meurtrier.

Suite au départ de la grande-duchesse, Skouratov revient à la charge : il annonce qu'il fera publier le lendemain l'aveu de repentir de Kaliayev, preuve de sa trahison. Yanek s'y oppose, préférant la mort à la déloyauté envers ses compagnons et l'idée qu'ils défendent.

Une semaine plus tard, dans un autre appartement, le groupe, amputé de Yanek, est rassemblé. Annenkov, Dora, Stepan et Voinov s'interrogent sur l'attitude de leur camarade. Ils attendent de savoir s'il a été exécuté ou non. Stepan et Voinov vont aux nouvelles : Yanek a été exécuté et ne les a donc pas trahis. Dora, déchirée par la douleur, décide de lancer la prochaine bombe afin que la même corde les unisse, elle et son amant.

ÉTUDE DES PERSONNAGES

YANEK KALIAYEV

Yanek Kaliayev est surnommé le poète, en raison de sa sensibilité, de sa spontanéité et de son enthousiasme. Annenkov, sûr de sa valeur, l'a chargé de lancer la première bombe. Mais sa main n'a pu réaliser le geste fatal, car des enfants se trouvaient dans la calèche du grand-duc. Lors du second attentat, il n'a pas hésité, prouvant ainsi son courage et sa détermination.

Kaliayev a toutes les qualités d'un « bon révolutionnaire » : il est capable de se montrer adroit, efficace et discret (p. 46). Pourtant, c'est un terroriste atypique. Il aime avant tout la beauté et le bonheur. C'est pour cela qu'il veut la fin du despotisme. Le but de son action est de donner une chance à la vie. Il est prêt à tuer pour bâtir un monde où plus personne ne tuera, s'il estime que l'idée qu'il défend est juste. Ce n'est pas la haine qui se trouve au centre de son combat, mais l'amour. Au lieu d'obéir aveuglément aux principes et aux ordres de l'Organisation, il privilégie son éthique personnelle (il ne lance pas la bombe sur les neveux du grand-duc et ne livre pas ses compagnons). Il représente l'engagement tel que le préconise Camus.

STEPAN FEDOROV

Stepan Fedorov est revenu au sein de l'Organisation après trois années de bagne et de fuite. Cette expérience l'a rendu amer. Dès sa première rencontre avec Kaliayev, il se montre méprisant envers ce révolutionnaire trop fougueux et enflammé, trop « poète ».

Stepan est l'antithèse de Kaliayev : c'est un terroriste pur et dur. Il est rigide et obéit à la lettre aux ordres de l'Organisation. Il ne fait preuve d'aucune morale et n'a pas le moindre cas de conscience. Pour lui, la fin justifie les moyens, peu importe que le sang versé soit celui d'innocents. La colère et la haine sont les moteurs de son action.

Cependant, cette froideur et cette sévérité sont les résultats de blessures profondes. Lorsqu'il se retrouve seul avec Dora, en lui montrant les cicatrices des tortures subies au bagne, il dévoile ses faiblesses et ses fêlures : « Des années de lutte, l'angoisse, les mouchards, le bagne... et pour finir, ceci. (Il montre les marques.) Où trouverais-je la force d'aimer ? Il me reste au moins celle de haïr. » (p. 92) Sa dernière pensée à l'égard de Kaliayev est révélatrice : « Je l'enviais. » (p. 145)

DORA DOUBLEDOV

Bienaimée de Kaliayev, Dora est le seul personnage féminin conséquent. Cela fait trois ans qu'elle est dans l'Organisation. Méticuleuse et perfectionniste, elle se charge de la fabrication des bombes.

La jeune femme, plus que les autres personnages, revient sur la vie qu'elle menait avant de rejoindre le groupe et ses activités clandestines : « Je me souviens du temps où j'étudiais. Je riais. J'étais belle alors. Je passais des heures à me promener et à rêver. » (p. 87)

Dans les moments d'emportement et de fougue de Kaliayev, elle le ramène quelque peu à la réalité. Ainsi, elle lui rappelle que le grand-duc reste un homme et que commettre un attentat, c'est mourir deux fois.

Par sa présence et son écoute, elle incite les autres membres du groupe – en particulier Annenkov et Stepan – à la confidence et aux épanchements.

L'amour que Dora voue à Yanek est inconditionnel. Elle le défend avec véhémence quand il est attaqué par Stepan et le soutient dans ses choix et décisions. Il lui arrive cependant de douter de l'amour que lui porte Yanek : « Tu m'aimes plus que la justice, plus que l'Organisation ? [...] Tu ne réponds pas. Dis-moi seulement, m'aimerais-tu si je n'étais pas dans l'Organisation ? » (p. 86) Apprenant la mort de son amant, dans un moment entre abattement et folie, la jeune femme décide de venger la mort de celui-ci : elle lancera la prochaine bombe. Cette ultime preuve d'amour l'unira dans la mort à son amant.

BORIS ANNENKOV

Boris Annenkov est le chef du groupe. Il prend toutes les décisions concernant l'attentat. C'est notamment lui qui désigne les lanceurs de bombes.

C'est un homme posé, qui tempère les conflits entre Yanek et Stepan. Il apparait comme un chef modéré : « Je ne puis te laisser dire que tout est permis. » (p. 61)

Lors de discussions avec Dora, il se dévoile. Il a conscience que son statut de chef le protège : « C'est commode, après tout, d'être forcé de ne pas lancer la bombe. » (p. 48) Il sort de cette sécurité en se désignant comme le remplaçant de Voinov lors du second attentat et, par cette décision, fait preuve d'un courage semblable à celui de Yanek.

Il songe parfois à la vie qu'il menait avant et aux sacrifices qu'il a dû faire au nom de l'idée qu'il défend (p. 139). Ce n'est donc pas un chef inflexible et imperturbable : il a ses moments de doute et de fléchissement. Il retrouve ses qualités de meneur en prenant des décisions pour le groupe et en voulant être sur le terrain avec Yanek.

ALEXIS VOINOV

Alexis Voinov est un ancien étudiant universitaire qui a été renvoyé pour avoir tenu des propos négatifs contre le tsar. Au début de la pièce, il est déterminé et sûr de ses convictions, prêt à lancer une bombe meurtrière.

Après l'échec du premier attentat, il remet en question l'action qu'il mène. Il reste fidèle à l'idée dans son essence, mais il ne se sent plus capable d'assumer un combat direct. Il n'est pas prêt pour la terreur. Il a peur de jeter la bombe et en a honte. Il sera fidèle à son engagement, mais du côté de la propagande. Leur action est tout aussi risquée, mais, au moins, les membres de ce service ne voient rien de ce qui se passe (acte III).

Alexis, plus que Dora et Annenkov, représente les doutes et les peurs qui jalonnent le parcours d'un révolutionnaire. Après l'arrestation de Yanek, il revient dans le groupe, porté par un nouvel élan de courage. Il souhaite prendre la place que Yanek n'occupera plus et continuer à lancer des bombes. Ainsi, suite à l'exemple de Yanek, il retrouve la force et la vaillance de se battre en première ligne : « Nous devons le soutenir de notre fierté, comme il nous soutient de son exemple. » (p. 133) Son action, remise en question, ne fléchira plus. À son tour, il veut être un modèle pour ceux qui suivront.

CLÉS DE LECTURE

L'IMPORTANCE DU CONTEXTE

Les Justes est une œuvre marquée par un double contexte : celui dans lequel la pièce est située, la Russie de 1905, et le contexte dans lequel la pièce a été écrite, en 1949.

La révolution russe de 1905

La Russie entame le XXe siècle dans un climat où règnent l'anarchie, le terrorisme et la violence : elle est écrasée par l'autocratie (forme de gouvernement où le souverain exerce lui-même une autorité sans limites) du tsar Nicolas II (1868-1918). Les tentatives de déstabilisation du régime se succèdent, et des cellules anarchistes se mettent en place. Très tôt, une scission se forme dans le mouvement contestataire : certains condamnent l'excès de violence, tandis que d'autres revendiquent un terrorisme pur et dur.

Le climat est à l'insurrection. En janvier 1905, une foule de manifestants se rend au palais d'Hiver, où est censé se trouver le tsar, pour lui remettre une pétition. Mais celui-ci est parti, laissant aux forces de l'ordre tous les pouvoirs. La foule se fait alors massacrer. En février de la même année, le grand-duc Serge est assassiné dans un attentat à la bombe par un certain Yanek Platonovitch Kaliayev, membre des Combattants socialistes révolutionnaires. À la suite de cet attentat, les évènements tragiques s'enchainent : grèves, mutineries, assassinats, etc.

Camus s'est intéressé de près à ceux qui ont fait cette révolution. On trouve dans son œuvre des noms aux résonances familières : Yanek Kaliayev, Dora Brilliant, Boris Savinkov, etc. La trame de l'histoire réelle a également été respectée : l'attentat a été repoussé suite à la présence d'enfants dans la calèche du grand-duc. La seconde tentative atteint son but. Les détails rapportés dans la pièce par la grande-duchesse correspondent à ceux donnés par la presse de l'époque.

Le contexte d'après-guerre

La pièce *Les Justes* a été jouée pour la première fois en 1949, quatre ans après la fin de la Seconde Guerre mondiale (1939-1945). Mais un autre conflit se profile déjà, la guerre froide (1945-1990). Les tensions entre Est et Ouest sont en effet latentes. À peine remise de la peste brune, l'Europe occidentale doit faire face au communisme et aux désirs expansionnistes de l'Union soviétique. Cette même année, l'O.T.A.N. est créé.

Cette période trouble incite Camus à mener une réflexion sur les notions d'action politique et d'engagement.

Ainsi, *Les Justes*, par son sujet et son contexte, est une œuvre inscrite dans les débats qui agitent son temps. Alors que l'Europe se remet difficilement des destructions subies et des attaques à l'encontre des idéaux démocratiques, les intellectuels prennent position sur des sujets de politique internationale, tels que la guerre d'Indochine (1940-1954), l'impérialisme américain ou encore l'expansionnisme soviétique. L'évènement russe qui a inspiré Camus trouve des échos dans la situation politique européenne d'après-guerre : dans les deux cas, des hommes s'insurgent contre

des systèmes politiques et contre des situations socioéco-
nomiques qu'ils jugent insupportables et inacceptables. La
question centrale est de savoir comment faire passer un
engagement, une révolte, à une action efficace.

DEUX CONCEPTIONS OPPOSÉES DE L'ACTION

Tout au long de la pièce, les tempéraments de Kaliayev et
de Stepan s'opposent. Par l'intermédiaire de ces personnages, Camus met en évidence deux thèses différentes sur
l'engagement :

- Stepan représente la soumission absolue au devoir
  révolutionnaire. Pour lui, le premier devoir d'un résistant
  consiste à obéir à l'Organisation. Il faut agir, et tous
  les moyens sont bons, peu importent les enjeux et les
  conséquences. Il assume les morts : « Nous sommes
  des meurtriers et nous avons choisi de l'être. » (p. 66) La
  fin justifie donc les moyens, tous les moyens. Camus ne
  partage pas cette thèse. Stepan apparait d'ailleurs isolé
  dans la pièce ; il n'est pas soutenu. La vision que porte
  ce personnage serait plutôt celle de Jean-Paul Sartre,
  les deux écrivains s'opposant sur les moyens à donner à
  l'engagement. Jean-Paul Sartre n'était prêt à faire aucune
  concession concernant l'engagement révolutionnaire ;
- Kaliayev incarne, quant à lui, la désobéissance aux normes
  révolutionnaires, au nom d'une éthique et de valeurs. Il
  garde à l'esprit l'innocence des victimes et l'horreur qui
  découlerait de ce crime. Kaliayev conserve son humanité
  et choisit de ne pas devenir un bourreau à son tour. En se
  battant pour une idée et contre un système, il n'est pas

un assassin, mais un justicier. Kaliayev n'a pas choisi le crime. La situation dans laquelle il se trouve l'y a amené. Il représente donc l'engagement tel que le conçoit Camus, c'est-à-dire un engagement raisonné et non aveugle, capable de cerner les limites de son action et de s'adapter aux circonstances.

SARTRE ET CAMUS

Jean-Paul Sartre (1905-1980) est un philosophe et écrivain français. Il est connu pour son œuvre littéraire et philosophique mais aussi pour son engagement politique. Ses ouvrages sont marqués par l'existentialisme, dont il est l'une des figures de proue. Ce courant postule la totale responsabilité de l'homme, qui n'est soumis à aucun déterminisme et est maitre de ses actes, de ses choix et de ses valeurs. Intellectuel engagé, homme de gauche radical (un temps membre du Parti communiste), Sartre est sur tous les fronts : guerre d'Algérie (1954-1962), révolution cubaine (1953-1959), conflit israélo-palestinien débuté en 1948, etc.

Ses œuvres, aussi bien littéraires (*La Nausée*, *Huis Clos*) que philosophiques (*L'Être et le Néant*, *L'existentialisme est un humanisme*) sont encore largement lues et commentées.

Les Justes est une réponse aux *Mains sales* de Sartre. Dans celles-ci, les auteurs posent en effet la question de l'engagement et du rapport entre morale et pratique.

UNE VISION DU MEURTRE POLITIQUE

La conception des *Justes* est fondée sur une réflexion sur ce qu'est le meurtre politique. Cette réflexion est à la fois politique et métaphysique.

Au niveau politique, Camus se demande si un révolutionnaire peut tuer. S'il le peut, à quelle condition et jusqu'à quel point peut-il le faire ? La fin justifie-t-elle tous les moyens ? En répondant à ces questions, les personnages comprennent douloureusement la différence entre l'idéal de justice et la réalité du terrain. D'une part, ils font preuve d'idéalisme : ils se battent pour obtenir de meilleures conditions de vie, pour donner une chance à la vie. D'autre part, ils prennent conscience que la révolution et la justice ne s'obtiennent pas uniquement par une révolution spirituelle : le sang doit couler, y compris le leur.

L'action terroriste s'impose, mais elle a des limites : elle doit être ciblée, car il ne faut pas sacrifier des innocents. Les personnages ont un sens de l'honneur. Ils commettent une injustice pour créer la justice, ils se privent de leur bonheur pour engendrer celui des autres. Si les révolutionnaires n'agissent pas, ils cautionnent la tragédie. Qu'ils tuent ou non, ils sont coupables.

Au niveau métaphysique, on remarque que le groupe s'est investi d'une mission plus profonde que politique. Les personnages prennent des allures de prophètes, et la bombe se substitue à la prédiction. Leurs actions dépassent le militantisme. Il s'agit de recréer une société où la justice et l'amour règneront. Ils ont une vocation de martyrs : la mort est inévitable. Tout autre type d'action est inutile. La mort devient ainsi un instrument de salut et de glorification. Par son décès, Kaliayev est élevé au rang de héros et entre dans la légende.

RÉVOLTE CAMUSIENNE ET ACTUALITÉ

La thématique de la révolte est présente chez Camus depuis son plus jeune âge dans la mesure où sa première œuvre, qui est le fruit d'une collaboration, s'appelait déjà *Révolte dans les Asturies* (1936). Mais c'est dans *L'Homme révolté*, publié quinze ans plus tard, en 1951, que sa réflexion, en germe dans les écrits du cycle de l'absurde, trouve son aboutissement. Cet essai, qui marque la rupture définitive entre Camus et Sartre, traite notamment de la révolte historique. Camus y dénonce l'attrait exercé par la révolution et le nihilisme, qui repoussent le bonheur à une époque ultérieure.

Dans *Les Justes*, Stepan est un messager de la mort, il est cet homme « perdu pour la société » dont parle Bakounine (anarchiste russe, 1814-1876) dans *Le catéchisme révolution-naire* (1865). Peu importe s'il faut sacrifier un enfant, pourvu que la cible soit atteinte. Kaliayev, à l'inverse, est pris de doutes avant de commettre l'attentat. Lorsqu'il voit les deux enfants dans la calèche du grand-duc, il vit un conflit entre son allégeance révolutionnaire et son humanité. Cette dernière lui permet de conserver la vision d'un monde à par-tager en commun, fait de relations humaines. Camus, dans un chapitre de *L'Homme révolté* sur les protagonistes de la pièce, les qualifie de « meurtriers délicats », car ces derniers considèrent que tout n'est pas permis, et les disculpe de l'accusation de romantiques faite à leur encontre par les terroristes nihilistes, pour qui toute violence est bonne afin de faire triompher leurs idéaux.

À l'image de l'Organisation de Stepan, un groupe terroriste tel que celui de Daech est radicalement nihiliste. Il s'agit là d'un parfait exemple de terrorisme qui divinise non seulement la mort de son adversaire, mais aussi celle du martyr qui meurt pour sa cause. Quelle sorte de monde peut naitre après un tel déchainement de haine, dénué du moindre état d'âme ?

Bien entendu, Camus n'excuse nullement l'accomplissement d'un meurtre et fait encore moins l'apologie du terrorisme ; il tente plutôt d'en comprendre la dynamique. Pour le théoricien allemand Jürgen Habermas, « du point de vue moral, un acte terroriste, quels que soient ses mobiles et quelle que soit la situation dans laquelle il est perpétré, ne peut être excusé en aucune façon » (« Qu'est-ce que le terrorisme ? Entretien avec Giovanna Borradori », in *Le Monde diplomatique*).

Dans *L'Homme révolté*, Camus écrit à ce propos : « Kaliayev, Voinarovski et les autres croient à l'équivalence des vies. Ils ne mettent donc aucune idée au-dessus de la vie humaine, bien qu'ils tuent pour l'idée. Exactement, ils vivent à la hauteur de l'idée. » (p. 217) Ils tuent pour que d'autres vivent.

Développant ce même sujet dans ses *Chroniques* (1948-53), il affirme qu'« écrivant sur la violence et le meurtre, [il a] essayé de définir la limite où le meurtre devait s'arrêter. L'exemple de Kaliayev et de ses camarades [l']a amené à conclure qu'on ne pouvait tuer qu'à la condition de mourir soi-même, que nul n'avait le droit d'attenter à l'existence d'un être sans accepter immédiatement sa propre disparition... » (p. 747).

Pour l'auteur de *La Chute*, la révolte se joue donc sur deux plans : aussi bien contre les forces de l'au-delà (il s'agit de la révolte prométhéenne, qui est la seule réponse pouvant être donnée au destin tragique de l'homme) que dans la révolte des résistants face aux régimes tyranniques et à leurs dérives totalitaires. Ces deux formes de révolte, qu'il synthétise dans son roman *La Peste*, permettent à l'homme de retrouver sa dignité. C'est pourquoi la révolte est complémentaire de l'absurde pour Camus : lorsqu'il y a prise de conscience de l'injustice de la mort, une attitude de révolte permet de dépasser cet état de fait. Ce devoir de se révolter doit se poursuivre inlassablement, jusqu'à la fin.

Le jury de l'Académie suédoise ne s'y est pas trompé lorsqu'elle lui a décerné le prix Nobel de littérature en 1957 « pour son importante œuvre littéraire qui met en lumière avec un sérieux pénétrant, les problèmes qui se posent de nos jours à la conscience des hommes » (« Albert Camus. Prix Nobel », in *Une saison de Nobel*).

PISTES DE RÉFLEXION

QUELQUES QUESTIONS POUR APPROFONDIR SA RÉFLEXION...

- *Les Justes* appartient au cycle de la révolte, au même titre que *La Peste* et *L'Homme révolté*. Qu'est-ce que ces trois œuvres ont en commun ?
- Expliquez le titre de la pièce.
- À votre avis, pourquoi Camus choisit-il pour sa pièce le contexte de la révolution russe de 1905 ?
- Mettez cette œuvre en rapport avec le contexte politique dans lequel Camus l'a écrite.
- Quel est le rôle de Dora, la seule femme de la pièce ?
- Même si Yanek s'efforce d'être juste, il fait quand même couler du sang. Est-ce acceptable ? Une révolution ne peut-elle être pacifique ?
- « La fin justifie les moyens. » Commentez cette citation extraite de l'œuvre.
- En quoi le meurtre politique a-t-il une dimension métaphysique ?
- Quelle forme d'engagement Camus défend-il et comment le fait-il savoir dans son œuvre ? En quoi se différencie-t-il de Sartre ?
- En quoi *Les Justes* est-elle une réponse à la pièce *Les Mains sales* de Sartre ?
- Quels sont les parallèles que vous pouvez établir entre *Lorenzaccio*, la pièce d'Alfred de Musset, et *Les Justes* ?
- Les thèmes développés dans *Les Justes* vous semblent-ils toujours actuels ? Justifiez à l'aide d'exemples concrets.

Votre avis nous intéresse !
Laissez un commentaire sur le site de votre librairie en ligne
et partagez vos coups de cœur sur les réseaux sociaux !

POUR ALLER PLUS LOIN

ÉDITION DE RÉFÉRENCE

- Camus A., *Les Justes*, Paris, Gallimard, coll. « Folio », 2008.

ÉTUDES DE RÉFÉRENCE

- Guérin J.-Y. (dir.), *Dictionnaire Albert Camus*, Paris, Robert Laffont, 2009.
- Huy M.T., « Albert Camus : penser la révolte », in *Le Magazine littéraire*, mai 2006.
- Nègre L., « Les étapes d'Albert Camus », in *Bulletin de l'Association Guillaume Budé*, p. 101-110, 1955.
- Todd O., *Albert Camus, une vie*, Paris, Gallimard, coll. « Folio »,1999.

SUR LEPETITLITTÉRAIRE.FR

- Commentaire de lecture portant sur l'acte II des *Justes* d'Albert Camus.
- Commentaire portant sur l'incipit de *La Peste* d'Albert Camus.
- Commentaire portant sur l'épilogue de *La Peste*.
- Commentaire portant sur l'incipit de *L'Étranger* d'Albert Camus.
- Commentaire portant sur le meurtre de l'Arabe dans *L'Étranger*.
- Commentaire portant sur l'excipit de *L'Étranger*.
- Fiche de lecture sur *Caligula* d'Albert Camus.

- Fiche de lecture sur *La Chute* d'Albert Camus.
- Fiche de lecture sur *La Peste.*
- Fiche de lecture sur *L'Étranger.*
- Fiche de lecture sur *Le Mythe de Sisyphe* d'Albert Camus.
- Fiche de lecture sur *Le Premier Homme* d'Albert Camus.
- Questionnaire de lecture sur *Les Justes.*
- Questionnaire de lecture sur *La Peste.*
- Questionnaire de lecture sur *L'Étranger.*

L'éditeur veille à la fiabilité des informations publiées, lesquelles ne pourraient toutefois engager sa responsabilité.

© LePetitLittéraire.fr, 2016. Tous droits réservés.

www.lepetitlitteraire.fr

ISBN version numérique : 978-2-8062-8271-2
ISBN version papier : 978-2-8062-8272-9
Dépôt légal : D/2016/12603/274

Avec la collaboration d'Alexandre Randal pour le chapitre suivant : « Révolte camusienne et actualité ».

Conception numérique : Primento,
le partenaire numérique des éditeurs.

Ce titre a été réalisé avec le soutien de la Fédération Wallonie-Bruxelles, Service général des Lettres et du Livre.

Retrouvez notre offre complète sur lePetitLittéraire.fr

- des fiches de lectures
- des commentaires littéraires
- des questionnaires de lecture
- des résumés

ANOUILH
- Antigone

AUSTEN
- Orgueil et Préjugés

BALZAC
- Eugénie Grandet
- Le Père Goriot
- Illusions perdues

BARJAVEL
- La Nuit des temps

BEAUMARCHAIS
- Le Mariage de Figaro

BECKETT
- En attendant Godot

BRETON
- Nadja

CAMUS
- La Peste
- Les Justes
- L'Étranger

CARRÈRE
- Limonov

CÉLINE
- Voyage au bout de la nuit

CERVANTÈS
- Don Quichotte de la Manche

CHATEAUBRIAND
- Mémoires d'outre-tombe

CHODERLOS DE LACLOS
- Les Liaisons dangereuses

CHRÉTIEN DE TROYES
- Yvain ou le Chevalier au lion

CHRISTIE
- Dix Petits Nègres

CLAUDEL
- La Petite Fille de Monsieur Linh
- Le Rapport de Brodeck

COELHO
- L'Alchimiste

CONAN DOYLE
- Le Chien des Baskerville

DAI SIJIE
- Balzac et la Petite Tailleuse chinoise

DE GAULLE
- Mémoires de guerre III. Le Salut. 1944-1946

DE VIGAN
- No et moi

DICKER
- La Vérité sur l'affaire Harry Quebert

DIDEROT
- Supplément au Voyage de Bougainville

DUMAS
- Les Trois
  Mousquetaires

ÉNARD
- Parlez-leur
  de batailles,
  de rois et
  d'éléphants

FERRARI
- Le Sermon sur la
  chute de Rome

FLAUBERT
- Madame Bovary

FRANK
- Journal
  d'Anne Frank

FRED VARGAS
- Pars vite et
  reviens tard

GARY
- La Vie devant soi

GAUDÉ
- La Mort du
  roi Tsongor
- Le Soleil des
  Scorta

GAUTIER
- La Morte
  amoureuse
- Le Capitaine
  Fracasse

GAVALDA
- 35 kilos d'espoir

GIDE
- Les
  Faux-Monnayeurs

GIONO
- Le Grand
  Troupeau
- Le Hussard
  sur le toit

GIRAUDOUX
- La guerre de
  Troie
  n'aura pas lieu

GOLDING
- Sa Majesté des
  Mouches

GRIMBERT
- Un secret

HEMINGWAY
- Le Vieil Homme
  et la Mer

HESSEL
- Indignez-vous !

HOMÈRE
- L'Odyssée

HUGO
- Le Dernier Jour
  d'un condamné
- Les Misérables
- Notre-Dame
  de Paris

HUXLEY
- Le Meilleur
  des mondes

IONESCO
- Rhinocéros
- La Cantatrice
  chauve

JARY
- Ubu roi

JENNI
- L'Art français
  de la guerre

JOFFO
- Un sac de billes

KAFKA
- La Métamorphose

KEROUAC
- Sur la route

KESSEL
- Le Lion

LARSSON
- Millenium I. Les
  hommes qui
  n'aimaient pas
  les femmes

LE CLÉZIO
- Mondo

LEVI
- Si c'est un
  homme

LEVY
- Et si c'était vrai…

MAALOUF
- Léon l'Africain

Malraux
- La Condition humaine

Marivaux
- La Double Inconstance
- Le Jeu de l'amour et du hasard

Martinez
- Du domaine des murmures

Maupassant
- Boule de suif
- Le Horla
- Une vie

Mauriac
- Le Nœud de vipères

Mauriac
- Le Sagouin

Mérimée
- Tamango
- Colomba

Merle
- La mort est mon métier

Molière
- Le Misanthrope
- L'Avare
- Le Bourgeois gentilhomme

Montaigne
- Essais

Morpurgo
- Le Roi Arthur

Musset
- Lorenzaccio

Musso
- Que serais-je sans toi ?

Nothomb
- Stupeur et Tremblements

Orwell
- La Ferme des animaux
- 1984

Pagnol
- La Gloire de mon père

Pancol
- Les Yeux jaunes des crocodiles

Pascal
- Pensées

Pennac
- Au bonheur des ogres

Poe
- La Chute de la maison Usher

Proust
- Du côté de chez Swann

Queneau
- Zazie dans le métro

Quignard
- Tous les matins du monde

Rabelais
- Gargantua

Racine
- Andromaque
- Britannicus
- Phèdre

Rousseau
- Confessions

Rostand
- Cyrano de Bergerac

Rowling
- Harry Potter à l'école des sorciers

Saint-Exupéry
- Le Petit Prince
- Vol de nuit

Sartre
- Huis clos
- La Nausée
- Les Mouches

Schlink
- Le Liseur

SCHMITT
- La Part de l'autre
- Oscar et la Dame rose

SEPULVEDA
- Le Vieux qui lisait des romans d'amour

SHAKESPEARE
- Roméo et Juliette

SIMENON
- Le Chien jaune

STEEMAN
- L'Assassin habite au 21

STEINBECK
- Des souris et des hommes

STENDHAL
- Le Rouge et le Noir

STEVENSON
- L'Île au trésor

SÜSKIND
- Le Parfum

TOLSTOÏ
- Anna Karénine

TOURNIER
- Vendredi ou la Vie sauvage

TOUSSAINT
- Fuir

UHLMAN
- L'Ami retrouvé

VERNE
- Le Tour du monde en 80 jours
- Vingt mille lieues sous les mers
- Voyage au centre de la terre

VIAN
- L'Écume des jours

VOLTAIRE
- Candide

WELLS
- La Guerre des mondes

YOURCENAR
- Mémoires d'Hadrien

ZOLA
- Au bonheur des dames
- L'Assommoir
- Germinal

ZWEIG
- Le Joueur d'échecs